KB265373

어두울수록 별은 총총 빛나고

북갤러리 시선 004

어두울수록 별은 총총 빛나고

초판 1쇄 인쇄일_2008년 10월 14일
초판 1쇄 발행일_2008년 10월 20일

지은이_김경식
펴낸이_최길주

펴낸곳_도서출판 BG북갤러리
등록일자_2003년 11월 5일(제318-2003-00130호)
주소_서울시 영등포구 여의도동 14-5 아크로폴리스 406호
전화_02)761-7005(代) ㅣ 팩스_02)761-7995
홈페이지_http://www.bookgallery.co.kr
E-mail_cgjpower@yahoo.co.kr

ⓒ 김경식, 2008

값 6,500원

ISBN 978-89-91177-64-2 03810

북갤러리 시선 004

어두울수록 별은 총총 빛나고

김경식

BG 북갤러리

시인의 말

야삼경 쓰레기장 옆에서

쪼그리고 앉아
종이를 접어 하얀 비닐봉지에 넣고 있다
넣은 종이를 다시 끄집어내어 접고 있다

두 무릎을 세우고 앉아
종이를 접어 검정 비닐봉지에 넣고 있다
넣은 종이를 다시 끄집어내어 접고 있다

주위를 힐긋힐긋 살피면서
손에는 침을 퉤퉤 뱉어가며 얼굴을 씻고 있다

내일도
모래도
종이를 접어 비닐봉지에 넣고 있을 것이다
넣은 종이를 다시 끄집어내어 접고 있을 것이다

종이에 알아볼 수 없는 낙서를 하면서.

2008년 여름
김경식

어두울수록 별은 총총 빛나고

차례

제2부 감나무 사이로 달뜨니

제1부
흙담을 허물며

개구리 소리

갓 모내기한 개울 건너 논에
달빛 부서져 내리는
초여름 밤

귀청 찢어지게 울어대는
무당개구리 소리

그대 그리워하는 마음을
숨차게 읽고 있다

그대만 얻으면
세상을 다 얻을 것 같다.

흰 구름 1

매미소리 끝나고
파아란 남쪽하늘 다가온다

신전의 기둥 같은 두 다리
순결한 허리의 흐름

솜털 같은 하이얀 동체
백조같이 부드러운 어깨

웨이브 파마머리
나뭇잎으로 곱게 매고

엎드린 채 별빛 같은 눈길로
그대 환하게 웃고 있네

먹구름 지나가고
흰 구름 다가온다

하늘 끝 울타리에서

그대 환하게 웃고 있네.

흙담을 허물며

도란도란 사람 소리 들린다
지난 야삼경 돌담 밑을
돌아가던 여인의 목소리일까

구슬비 내리는 집
주위를 몇 바퀴 돌았다

홍시 먹으러 온 콩새 우는 소리
시들어 가는 나팔꽃
말라비틀어진 흰털 달린
이름 모를 보라색 꽃송이들
검은 산 빈 들녘뿐

아무도 없었다
빗소리였을까
흙담 기왓장 딸각거린다
짐승 소리였을까

흙담을 허물었다

흙을 긁어내고 돌멩이를 파내었다
지나가는 사람이라도 보이겠지

아무라도 좋다
임이 아니라도 좋다

시팔, 누가 나를 욕해도 좋다
사람 소리 듣고 싶다

시팔, 누가 나를 때려도 좋다
사람 모습 보고 싶다

초가을 내내 안개비로 갇힌 마음
그대에게 살짝 보여주고 싶었는데.

어두울수록 별은 총총 빛나고

캄캄한 시골 어디인가
어두울수록 별은 총총 빛나고

낮에는 적막함이 파리들과 놀다가고
밤에는 외로움이 모기들과 숨바꼭질하다 갑니다

땅거미와 함께 죄어오는 이별의 슬픔
멀리 사라지는 별똥별이 가슴에 박히고
생각을 끊으니 이슬이 눈물처럼 고입니다

밭을 갈다가 보물을 발견한 농부의 마음으로
그대를 알고 싶습니다

시간이 흐르면 사라지는
어둠 속 환영이라도 좋으니
강진만 초승달 그림자 아래
그대 어깨에 기대고 싶습니다

가까이 있다 가는

멀어질 것 같은 마음이 있기 때문입니다
멀리 떠나는 것은
가까이 하고픈 마음이 있기 때문입니다

캄캄한 시골 어디인가
어두울수록 별은 총총 빛나고.

흰 구름 2

흰 구름 산 넘어 오고
물속을 비행하는 잠자리는
호수를 떠나지 않네

붕어는 물속을 떠나려다
숨 넘어 가네

나는 피라미를 잡고
피라미는 나를 잡았네

무인도
제비는 슬픔처럼 차오르고
바람소리에 님소식 귀 기울이네
물이 술 될 때까지

파도치는 물결 속에서
그대 환하게 웃고 있네.

한글 미해독

목로주점에서는
술잔도 오가지만
사랑도 오간다

정주방 주모에게
시집을 보냈다

그 후
주모는 이상하게도
시집 얘기를 하지 않았다

옆에 있던 친구가 하는 말
주모는 글을 몰라예

목로주점에서는
글은 몰라도
사랑은 오간다.

똥침

아따, 바지가 겁나게 더럽구마 잉

일주일 내내 입은 개량 한복
후들후들한 푸른 면바지를 보고
나에게 한마디 한다

내가 좋다며 젖무덤을
만지고 도망가며 싱글벙글

내가 좋다며 두 손으로
똥침 넣고 도망가며 싱글벙글

내가 좋다며 족구 벌칙으로
업어 주며 싱글벙글

구김살 없이 솔직한 네가 좋다
잠든 영혼을 깨우는 네가 좋다.

똥

똥 떨어지는 모습이 매화를 닮았고
오줌 떨어지는 모습이 비를 닮았다고 해서
화장실을 매우소梅雨所라고 한다

누구 뱃속의 똥이 가장 많을까
똥이 많이 들어있는 배일수록 공명이 크다

고이 간직하다 뱃속에서 나온
따끈따끈한 똥도 미련 없이 버릴 때가 있다

똥 누다 똥벼락 맞았다
그네 타지 않다가
칠팔월에 오는 장마 같은 똥벼락 맞았다

뱃속의 똥은 냄새가 나지 않으나
뱃속에서 나온 똥은 냄새가 난다

뱃속의 말은 냄새가 나지 않으나
뱃속에서 나온 말은 냄새가 난다.

용칠이

생선꾸러미 하나 달랑 들고
청해진 시골 장터를 제패한 풍운아

이름만 들어도
산천초목이 벌벌 떨 웃음 주는 작은 영웅

두 눈 부릅뜨고 눈썹 휘날리며
저자거리를 향하여 진군할 때에는
재잘거리는 참새소리 따위엔
절대 흔들리지 않는다

용자는 용용 칠자는 행운의 수 러키세븐
보물섬에 보물 숨겨 놓은 알부자

마을축제 때에는 어김없이 나타나
미꾸라지 같은 우리들에게
모든 것을 바람에 맡겨 두고
더 넓은 바다를 꿈꾸자고 역설한다

용칠이를 짝사랑하는 용순이도 있지만
영웅호걸은 미인을 좋아한다고
용칠이는 열여섯 처녀를 더 사랑한다

나도 덩달아 두 주먹 불끈 쥐고
용칠이 따라 시골장터를 헤매인다.

용순이

사랑은 순간이라며
첫 만남에 모든 것을 주었지

가슴에는 동백꽃
머리에는 빠알간 꽃
양손에는 풍선을 들었지

똥물 먹고 황금냄새 풍기는
곳이면 어디든지 나타났었지

세상에서 가장 평안한 곳은
불 꺼진 그대의 창밖
따뜻한 체온을 느끼고 싶었지

모든 것을 다 버려도
사랑은 상처 만들기
차라리 늦게 만난 것을 다행으로 여기고
나는 두 손 들고 행복 찾아 용순이 따라 나선다
빗방울에 수많은 동심원이 새로이 생겨난다.

사과서리 하던 날

추석 후 첫날
가을사과 한 알
책상 위에 놓여있다

빨강 노랑 파랑
가을 색이 아름다워
집으로 가져왔다

정성스런 빛깔이 아름다워
보름달이 그믐달 되어도
먹지 못하고 있는
가을사과 한 알

망보던 소꿉친구와
개구멍으로 기어들어가
사과서리 하던 날

두 갈래 머리 땋은
과수원 집 소녀 생각난다.

나무는 말이 없다

하이얀 찔레꽃 아래
알알이 박힌 빠알간 산딸기 따다
수천 개 가시 박혀 멍든 손끝
나무는 말이 없다

소백산 산정호숫가
산뽕 버디나무 아래 설화 따다
팔다리 찢기우고 깊어지는 상처
나무는 말이 없다

봄이 오면 그리움 찾아
피를 토하는 소쩍새 소리
알알이 박힌 빠알간 보석 따다
새까맣게 탄 오디
나무는 말이 없다.

낚시 1

낚시하려거든
고기 잡는다는 생각일랑 접어두고
나비가 꽃에 내려앉듯이
호숫가에 살포시 내려앉아라

낚시하려거든
물속에 산새소리 넣어놓고
교미하는 잠자리와 시간여행을 하여라
소꿉친구도 낚고 첫사랑의 소녀도 낚아라

낚시하려거든
물속에 매미소리 넣어놓고
'태양은 가득히' 같이 사람을 낚아라

강태공의 곧은 낚시로 손가락을 낚아라
여인의 코를 낚아라

많이 낚았지라
고기는 한 마리도 없네유.

낚시 2

강화 내가[內可] 저수지 낚시터
떠나지 않겠다던 사람들이 떠난다

철물가게 이씨 철근기술자 정씨 떠난다
만삭 아내를 데리고 온 군인아저씨도 떠난다
밤새 얘기해도 싫증나지 않던 친구도 떠난다
죽도록 사랑한다던 보석 같은 님도 떠난다

삼십년 만에 만났으니
삼십년 후에 만나야지

순정을 짓밟은 사람은 떠났으나
순정을 짓밟힌 사람은 떠나지 못하고 있다

호수에 비친 희미한 달빛만 외롭다.

낚시 3

낮과 밤이 교차하는 연풍제 호숫가
한여름 밤에만 슬피 우는 수컷 여치
줄기차게 울어대고

호수는 술
그대를 안주삼아
마시고 싶도록 아름다운 밤이다

사랑과 이별이 교차하는 호수에
뛰어들고 싶도록 아름다운 밤이다

호수 속의 달과 별을 바라본다
호수 속의 달과 별을 잊고 살았다
오랜만에 잠 못 이루고 있다

님은 어디 갔나 오라면 올 텐데
님은 어디 갔나 밤새워 얘기할 텐데.

숲을 횡단하여

숲을 횡단하여
선녀가 목욕한 옹달샘

나체로 유영하는 산천어는
타의에 의할수록
황홀한 입맞춤을 한다

조각달이여
숨소리만 들리고 가까이에서는
바라볼 수 없는 주인이여

내가 선택한 여왕이여
날개 없는 선녀여

거역할 수 없는 눈길이 머무는 곳에서
더 이상 이별이 없는 노예서약을 한다.

제2부
감나무 사이로 달뜨니

삽살개

새끼 낳지 말라고
마춰도 않고 사과 깎던 칼로
불알 까던 날

어금니 부러지도록 거품 물고
눈물 한 방울 흘리지 않았다

진도개 아니라 호랑이가 와도
꼬리 내리거나 깨갱거리지
않던 토종 숫놈

사소한 움직임에는 짖지도 아니하고
함부로 꼬리 흔들지 않는 제왕

앞이 가려 보이지 않는 머리털로
신의 바람을 일으키며 천리 길을 달린다.

청개구리

추강秋江가 국화잎에 앉아
어디로 뛸지 모르는
청개구리 한 마리

짧은 두 손으로 부모
속은 얼마나 썩혔을꼬
하라는 것은 하기 싫고
하지 말라는 것은 하고 싶고
풀잎에 놓아주었으나
죽을 곳 찾아 가는 놈

용수철같이 긴 뒷다리는 방향을 조절하고
튀어나온 눈을 보니 그리움도 많겠구나
입이 큰 것을 보니 먹은 것도 많았겠다
턱 밑으로 몰래 숨을 헐떡이는 것을 보니
자손심도 강한 증거로고

푸른 잎에는 푸른색으로
갈잎에는 갈색으로 변장술도 능숙하고

물속에서도 헤엄치기 쉽게 물갈퀴도 달렸다
벽을 탈 수 있는 둥근 압력 판이
손끝마다 발끝마다 달렸다

죽었다가 살아나고 살았다가 죽어가는
그렇게 재주 많은 놈이
유리병 안에서는 왜 꼼짝을 못할꼬.

귀뚜라미

시골 장에서 장닭 두 마리 사서 친구하라더니
성질이 급해서 장작불 보러 벌써 왔나 싶어
종이와 연필 가지러간 사이 도망 가버린 귀뚜라미

흔적 남기기는 무척 싫어하나 봐
뒷다리가 오동통 굵고 긴 것을 보니
언젠가 놀던 물로 되돌아가려는 구나

밤고양이도 같이 놀자며 주위를 맴돈다
썩은 육고기를 찾은 모양이다

다행인지 불행인지 한쪽 다리뿐이로구나
세상에서 가장 행복한 한 쌍이 되겠구나 싶어
같은 처지라 같이 지내려고 비닐봉지에
담아두었더니 문풍지 숨구멍으로
새벽같이 도망 가버렸다

얼굴에 저승 꽃 피기 전에
살갗이 나무껍질 되기 전에

별 헤는 둔주포구에서
너와 오롯이 살았으면 좋겠다.

땅강아지

귀뚜라미 무작정 울어대자
별 하나 보이지 않는 밤이 되었다

하늘 밥 도둑 한 마리 잡아두었더니
도포자락 날리는 부모형제와
흙 다갈색 할아버지도 면회 왔다
구원해 줄 이 아무도 없고
살고 죽는 것은 혼자만의 몫

잠자리처럼 날아오더니
땅에서는 강아지처럼 기어 다닌다
온 세상이 새까만 개미처럼 분주하다

무기는 맞물린 이빨 전기톱
힘으로 전륜구동 앞발
V자형 더딤이 잔털 많을 뿐

어깨에 작은 날개는
생기다 만 퇴화된 날개

눈은 작을수록 매섭다

날개가 컸으면 땅 속을
기어 다니는 땅강아지가 아니라
하늘을 나는 날강아지다

나는 더 이상 도망쳐 갈 곳도 없는
새로운 땅 끝에 와있다

도망치려는 걸 보니 갈 데가 많은가보구나
갈 곳 없는 나보다 갈 곳 많은 네가 부럽구나

그래 작은 날개를 가지고서라도 날아라
땅 속을 기어 다니며 살지 말고
속빈 대나무도 알찬 듯 살아가듯이

한쪽 다리 자르고 도망가더니
이튿날 새벽 내 옆에 도로 와 누었다.

학두룸

날아가는 줄 알았더니 되돌아오고
되돌아오는 줄 알았더니 날아가는
목이 긴 학두룸

움직일 듯 움직이지 않고
시간을 정지시켜 석고처럼 서 있는
부리가 긴 학두룸

몸이 휘어지는지도 모른 채
새로운 안식처를 만들기 위해
한 쪽 다리로 살아가는 습성

자식을 끝내 포기하지 않는 날짐승
삼킨 것을 다 먹지 않고
때맞춰 게워내는 모성

멀리 날아갈 때면 어디서 날아왔는지
한 마리 뒤따르고 다른 한 마리 뒤따르다 보면
두 마리 된다

서산에 별 지자
야성을 잃어버린 물고기들이
밤 두려워 잠 속으로 떨어질 때면
돌을 어루만지듯이 흘러가는 물소리에
어두워도 웅크리고 강을 살피는 심오함이여

온 몸으로 온 가슴으로
물고기 잡는 천년의 세월
다리가 긴 학두룸

서낭당이 있는 옛집은
고목으로 변한 보물섬 숲
서산 청솔 집으로 돌아가지 않고
비 오는 강가에서 장승처럼 기다리는
목숨이 긴 학두룸

지난 날 태고의 흔적 찾아
썼다가 지워버리고
지웠다가 쓴 자리에 상처를 간직한 채

그것은 영원을 향한 울부짖음이었으리라

미친 듯이 강을 건너간다
미친 듯이 하늘을 건너간다
낮아지는 물처럼 건너간다

농약에 찌든 땅
공해에 찌든 하늘
춥고 어두운 긴 겨울나면 찾아오는 회기본능
텃새들이 철새로 바뀐 탓이다

학두룸 없이 살 수 없는 땅
우리도 살 수 없다
하늘이 없는 땅
박제되어 말이 없다

다시 날아라
이 땅의 소망 싣고
미친 듯이 날아라

하늘이 있는 땅
신천지를 향하여
신명나게 춤을 추어라

백년도 못사는 우리가
도무지 이길 수가 없다
천년을 사는 학두룸을

도무지 이길 수가 없다
신선처럼 흰머리에 생각하는 날짐승
아침 이슬같이 영롱한 눈을 가진 영혼을

우리도 난쟁이족처럼
학과 싸우다가 죽어갈 것이다
우리는 학두룸에게 이미 진 싸움을 계속하고 있다

우리는 도무지 이길 수가 없다
저 하늘 높이 나는 학두룸을.

감나무 사이로 달뜨니

감나무 사이로 달뜨니
고향에 가고 싶다

고향집 여덟 그루 감나무는
동화 속 보물섬
깡통에는 구슬 가득
보물 상자에는 딱지 가득

귀뚤이 망보고 가자
밤고양이 밥상으로 올라왔다
돌멩이 던질까 생각하다가
어지간히 배고픈 것 같아
도망가는 밤고양이에게
멸치 몇 마리 던져주었다

어저께 보았던 모기들이
오늘따라 보이지 않는다
싸울 때도 있었지만 그때가 그리워진다
마른 새우 밤새도록 가져간 개미

썩어 문드러진 내 마음도 가져가네

달은 기우나 내 마음 기울지 않고
수국에 단풍드나 내 마음은 늘 푸르네

수국에서 외롭지 않게 신선처럼 살아온
고산孤山이 외로운 산이란다

감나무 사이로 달뜨니
고향에 가고 싶다.

생선장수 할배

3일 8일 풍기 5일장
날이면 날마다 시골 장으로 나가는
일흔 살 먹은 생선장수 할배가 있다

1일 6일에는 단양장
2일 7일에는 봉화장
4일 9일에는 대강장
5일 10일에는 영주장

풍기장에는 달력도 없나
아무나 와 아무나 와
풍기장에는 명절도 안 쇠나
아무나 와 아무나 와

풍기 아들 딸들은 용돈도 안주나
아무나 와 아무나 와
술 먹을 돈은 있어도 고기 살 돈은 없나
아무나 와 아무나 와

언제까지 장사하려고 하느냐는 물음에
죽을 때까지 장사한단다
명예퇴직 걱정 없고
정년 걱정 없어 좋겠다

안 해 본 장사 없는 오십년
나도 생선장수 할배 따라
장돌뱅이가 되고 싶다.

장작불

음식은 목구멍에 넘어가면 변하고
죽으면 삼일 만에 구더기 끓는 몸
장기기증 하지 않고 묶고 또 묶어
백골이 되지만

죽어서도 노숙자들의 온기가 된다
밤마다 고향 생각에 잠 못 이루는
나그네의 벗이 된다

전 생애에 가장 많은 나무를 태운다
나무라는 나무는 다 태운다
원수를 태운다
지구를 태운 우주를 태운다

나무에 박힌 그루터기
자랄 때 고생한 관솔옹이는 나무 중의 나무
바람에 목 놓아 운다

썩은 뿌리에다가 말라비틀어진 삭정이

바람 소리인지 비 소리인지 소리를 지른다

줄어드는 나무에 늘어만 가는 술병은
평상 아래로 떨어지나 불은 위로 탄다

태워도 태워도 타고
태우지 않아도 탄다

불가에서 그대와 밤 새워
이 가을 내내 얘기하고 싶다.

죽음 1
– 어떤 죽음들

권총 들고 은행 털다 잡힌 제대군인은
경찰서에서 자기 머리를 쏘았다
아버지는 삼천원 받고 저수지 밑구멍
물판 열려다 빠져나오지 못했다

저인망 새끼줄에 걸려나와 물먹은 개구리
배같이 불룩 나온 애비 본 딸은 미쳤다
중이염 귀 수술하다 죽은 처녀 언니는
똥곱창 장사한다

술값 안준다고 애미 두들겨 팬 아제는
신혼 첫날밤에 만취하여 새색시 때려 죽였다

다방 레지와 살림 차리려고 마누라
농약 먹인 왜놈 순사 앞잡이 아들은 알거지되었다

말 잘하고 남이 어려울 때 도와준
아들보다 똑똑한 포수는 산으로 돌아갔다

마을 유지가 재판에 지면 망신당한다고
죄 없는 과부더러 잘못했다고 빌라고 한
대추밭 댁은 초분^{草墳}으로 들어갔다

계주도 아닌데 계주라고 고소한
병원장 마누라는 산허리에 드러누웠다

터파기 공사대금 받으러 온 지물포 주인을
엽총으로 쏴 죽인 만석꾼 도의원 아들은
처녀 사냥하듯 자신의 머리를 날려버렸다

친구에게 천원짜리 막걸리 한잔 살 줄 모르는
자린고비 부자는 포도밭에 묻혔다

삼복더위 열대야 한줄기 시원한 바람에
감나무 잎이 우두둑 떨어진다.

죽음 2

― 화장터

언젠가는 와야 할 곳
동전 한 닢 정 한 줌
명예 한 자락 옷가지 한 올
가져가지 못하는 곳
다른 사람의 눈물 흘리고 간다

사랑하는 사람의 눈과 입이
공중으로 사라지는 애달픔이 있다

참배객 한 사람 없는 외로운
망자 앞에 고개를 숙인다

스님 신부님 목사님이 빌어도
화장하는 사람들은 누구나
뜨거운 지옥 불을 통과한다
흰 뼈 한 줌 슬픔으로 남는다

색이란 색은 모두 다 타버리고
흰색만 남아

겹겹으로 둘러싸인 어둠 속으로
점 하나 되어 사라진다
죽는 것이 태어나는 것이다

영원한 집 유택에 봉안하오니
평안히 잠드소서

납골 가족묘 시공 봉안용품 전문 제작판매
바람에 선전문구만 이리저리 휘날린다.

죽음 3
- 눈이 큰 사람

카드빚 독촉이 무서워
세상살이가 무서워
금남로에서 둔주포까지
자전거로 도망쳐왔다

목은 나일론 빨랫줄에
복날 똥개 패듯
벌초하러 가는 산길 옆
소나무에 대롱거리고
고개 숙이고 감은 큰 눈은 퍼렇다

소나무 가지에 매어놓은 삶은
자전거를 똥개 궁둥이 차듯 차버렸다

목이 아플까 손수건으로 목을 감아
피는 아래로 아래로 손과 발은 새카맣고
입술과 턱은 검푸르다

지갑에는 신용카드 달랑 열한 장뿐

서른한 살의 총각은 아까운 청춘
죽을 때는 무일푼으로 간다

추석 전 조상님 벌초하러 갔다가
소나무에 기대어 목맨 줄 모르고
시비 걸다 놀란 전 농조 조합장의 토끼가슴
수많은 주검을 보았으나 놀란 적은 처음이다

눈 큰 사람 겁 많다더니
옛말 틀린 것 하나도 없네.

죽음 4

– 업보

지은 업보에 비하면
너무 많이 살아온 한 남자는
물속에서 목말라 항문이 벌어졌다

자는 듯 고개 젖히고
땅에 드러누워
쪼그라진 생식기는
숫한 추억을 쥐고
배꼽을 향해 있다

세상을 향해 몸서리치게 쥐려했던
오므라진 손에는 아무것도 없다

한 남자와는 아무런 상관이 없는 것을
증명이라도 하듯 사진을 찍었다

장님이 아니었으면
울어줄 여자도 있었다는 것을
변명이라도 하듯 사진을 찍었다

수군거리고 손가락질해도
장승처럼 꿈쩍도 않는다
벗고 죽은 사람은 부끄러워할 줄 모른다
오히려 부끄러운 것은 옷을 입은 쪽

동물은 살아야 값이 나가지만
사람은 죽어야 제값이 나간다

가는 것이 오는 것이다.

죽음 5

— 객사

언제 죽었는지 누구인지
심장마비인지 알코올중독인지 모른다

술 먹다가 죽었는지
죽으면서 술 먹었는지
잠자다가 죽었는지
죽으면서 잠잤는지 모른다

가출한 남자의 마누라는 한두 번 보았으나
어디에서 술장사하는지 모른다

며칠 전에 사귄 술친구 얼굴
안보고도 아는 친구가 나타났다

몸을 덮은 하이얀 옥양목을 벗기자
새파란 입술에 오십대 주검이 나타났다

혼자 왔다가 혼자 가는 삶
혼자 있다가 혼자 사라지는 삶

혼자 웃다가 혼자 우는 삶

남자가 죽은 그해 여름은
그렇게 무더웠다고 전해 주오

한 여름 밤하늘에 별 한 개가
희미한 흔적을 남기며 짧게 떨어진다.

죽음 6

− 복통

피하고 싶은 죽음은
이미 다가와 있을 뿐
소용돌이로 빨려들어 가는 것은
아! 모든 소리의 사라짐

아픈 것이 서러운 죽음은
아린 바늘 끝
두려워 피하였으나
오히려 다가오고
깨어나지 않으면 죽는 죽음을 피하려다
아프지 않으면 죽는 죽음을 맞이하였다

맥이 끊어지는 광란의 아픔이여
사랑도 젊음도 마지막 남은
세포 하나 사라져간다

나뭇잎에 매달려 있는 한방울 이슬이여.

죽음 7
― 진정한 죽음

자는 게 죽는 거여
죽는 게 자는 거여

어제는 외로웠으나
오늘은 외롭지 않다

내일은 멋지게
죽을 수 있을 거여

그래, 지구 별에서 벗어나는 거야.

죽음 8

한줄기 바람이
가슴으로 훅 들어와
소용돌이치는 검은 동굴로
빨려 들어가면서
점점 사라져 가는 점 하나

여기는 어두운 세상
저기는 밝은 세상

이별을 거부하는
부모형제들의 울부짖음을
밑으로 하고 떠오르는 몸

체온은 내려가나 몸은 굳어가고
영원한 안식처를 찾아가는 비몽사몽 세 시간
열 손가락 열 발가락에
핏방울 흘리고 되돌아 왔다

하마터면 당신을 만날 뻔 하였소.

죽음 9
― 초상집

저수지가 보이는 하이얀 언덕에서
하이얀 고깔 쓰고 울지도 못했지

우는 듯 웃는 듯
웃는 듯 우는 듯
모나리자 같은 미소를 지었지

충격을 받으면 울지도 못하고
우는 사람은 충격을 받지 않는다

초상 때,
울지 못하는 과부는 수절해도
목 놓아 우는 과부는 수절하지 못한다.

죽음 10
– 구멍 난 가슴

구멍 난 가슴에 바람이 불 때는
달의 성을 지나 은하수 마을로 간다

가보지 못한 길을 따라
되돌아오지 못할 길을 간다

바람은 잣나무 숲을 지나
창가를 두드리고

호수 속 달 아래 작은 달이 뜨면
물 속에서 흰옷 입은 여인들이 춤을 춘다
흰고무신 한 컬레 남았다

호수 끝에서 닭소리가 새벽을 뚫는다
멀리 뻐꾸기소리 들리고
가까이 숲에서 까투리 난다

구름은 동창을 여느라 부산하나
그대 소리 들리지 않은지 오래다

바람은 새가 되어 하늘로 날아가고
호수는 그렇게 울고 있었다

가보지 못한 길을 따라
되돌아오지 못할 길을 간다
길 위에 내 가슴 짓이겨 놓고서.

죽음 11
– 공동묘지

아침햇살과 저녁 노을이 가장 긴 것처럼
사람은 태어날 때와 죽을 때가 가장 아름답다

형님들,
언제 한 번
꼭
찾아뵙겠습니다

소주 한 병
오징어 한 마리
꼭
사가지고 오겠습니다.

빈 제비집

한여름 처마 밑 제비집에
제비들이 보이지 않는다

강남으로 갈 때가 아니다
농약에 중독된 잠자리 먹고 죽었을까

살충제 잘 친다고 칭찬하는 바람에
논이란 논에는 다 치다가
새까맣게 타 죽은 아저씨 손에 죽은 벌레 먹었을까

제비도 못사는 집에 사는
불쌍한 인간들아.

그리움

달을 보며 피운 장작불 연기는
내내 아쉬운지 머리 푼 채 새벽까지 울어대고

새벽달은 머리 위에 걸리어
님 그리운지 서역으로 가지 못하네

먼 거리라 오라 할 수 없네
가까운 거리라면 달려올 텐데

이른 새벽 토담 넘어 쪽문으로
들어온 귀뚜라미 한 마리 임이었으면 좋으련만

아침마다 찾아오던 장닭도 보이지 않아
주인에게 어디 나들이 갔느냐고 물었더니

지난 추석 친구들의 털 뽑힌 토종닭 되어
술안주 되었다네.

제3부
사슴

사자곡 思子曲

봄이 되면 어김없이
가슴 헤집고 나오는 소쩍새 소리

꽃 가슴에 묻은 자식
막소주 속 씨린 눈물은
참나무 굼벵이같이 긴 하루

이 장터 저 장터 산골동네
이고지고 다닌 보따리장수

오로지 자식새끼 굶겨 죽일까봐
걱정하는 어미 새의 본능

고기는 바닷물에 살아도 짜지 않는다
알코올 중독 되었어도
어미는 술 취하지 않는다

효도하여 천하일등인이 못되어도
먼저 가지나 말 것을.

문풍지 문

늙은 퇴기처럼 버려진 너를
이른 새벽 첫 만남으로 보쌈하여
오십년 묶은 때를 죽령천에
결이 부르트도록 씻고 보니
발그스레한 너의 속살이
하나둘씩 드러나 생기를 되찾는다

뭇사내들은 얼마나 홀렸느냐
겹 문고리 문얼굴 잡고 삼년
열쇠 테두리 잡고 삼년
남태평양 고무줄 문골 잡고 삼년

문짝 주위를 돌아가며
영호남 휘몰아 소백산 뻗은 줄기
죽령 넘어오는 시원한 바람은
남한강 굽이굽이 놋재
저녁 햇살에 살을 섞는다

그대를 애지중지하여

사리문 없는 문어귀에 쉬어가며
수중폐허 기암괴석 마을에 고이고이
모셔다가 숨넘어갈 때까지
두향이처럼 옆에 두리라

창공을 나는 두루미야
곁눈질하지 마라

문틈으로 새어드는 바람 같은
그대에게 정을 느낄라.

흰 목련

달빛에 목욕하는
여인이다

술 한잔
권하고 싶다.

구미_{龜尾}마을

— 시인의 마을

하마터면 무심코
지나가버릴 골짜기에
숨겨진 보석이다

사알짝 들어가 보면
전설이 주렁주렁 달린
숨겨진 개살구다

남한강 굽이굽이
산 그림자인가
물 그림자인가.

사슴

누군가가 그리울 땐
산 그림자 비치는 달내 월천
강 건너 들판으로 간다

누군가가 그리울 땐
돌아오지 않을 글뫼 문산
오솔길 따라 숲으로 간다

슬픔은 봄날 논배미
종달새 높이 솟아오르고

그리움은 들로 산으로
뻐꾸기 소리 퍼지네

그대 꿈꾸러 꿈나라로 가시는
아버지의 눈물 한 줄기
그리움 확인하고 호흡 멈추나
회한 때문에 눈감지 못하네
눈이 큰 어린새끼 절벽으로 밀어

낭떠러지 밑에서 받아 어깻죽지에
힘 오르게 하는 어미 독수리처럼

날아라
폭풍우를 뚫는 날개 짓으로

솟아라
태양이 눈 부시는 구름위로

멀리 뛰어라
연약하나 강한 모성의 긴 뒷다리로

저만치 야수들이
따라오지 못하는 낙원으로
북풍 찬 서리 바람막이
튼튼한 배산임수背山臨水의 땅으로

옅은 운무 산허리 감싸고
산까치 노고지는 숲으로

흐르는 구름에 둥근 달 비치는
산기슭 호숫가
긴 목을 축이는
사슴이여.

배려

숨 막힐 듯한 찜통더위 속에
그대 창문을 닫느니
차라리 내가 창문을 닫겠습니다

전통의 얼을 심기 위해
옷깃을 꼭꼭 여미는 무더위를
차라리 내가 감당하겠습니다

소리가 소음이 되지 않게 하려고
되새기는 되새김질을
차라리 내가 감당하겠습니다

노동동굴에서 불어오는
파란 가을날 소슬바람을 불어드리이다
살갗이 시리도록.

말

구미산으로 용이 날아갔다는
전설이 있는 용암저수지

수면으로 노을이 잠수할 때엔
겨울 고깃배로 천년의 추억을 건져 올려
가마니에 차곡차곡 쌓는다

눈 뜨면 물안개처럼 사라지는
밀구密耳마을에는 수련이 떠다니고
명장明莊 미륵불이 있었다

복사꽃 기다리는 마음으로
지상보살에 두 손을 모으니
깨끗하지 않으면 들리지 않는
영혼의 소리가 들린다

줄어드는 수면으로
파도가 잦아지면 물속으로 간다

수심 깊은 살얼음 명경 속
그대 마음속으로 간다

고개는 앞으로 눈은 고정되어
연인은 길 떠나고
호수 속으로 사라지는 점을 바라보며
슬픔을 토해낸다

호수 속에 흰 구름 떠다닌다
사무치게 그리운 임이여.

냉천^{冷泉}

산천에는 계절이
아름다움을 뽐내고 있습니다

젊은 날의 정열처럼
어디론가 훌쩍 떠나고 싶은 충동을 느낍니다

월악산에 생수 뜨러 갔다가
싱그러움에 깜짝 놀랐습니다

길고 추운 여행을 떠나기 위해
가을에는 가진 것을 모두 버리고
몸을 가볍게 하는 나무들이 있기에
더욱 풍성해 보였습니다

애증이 오버랩 되는 고향의 잔잔한 감동의 시
정열을 바친 축제일수록 허전함은 더한 법

계절의 여왕 오월
아카시아 향기 진동합니다.

노인

사방을 두리번거리는
말라버린 눈물

단절된 언어는
입 안에서 오물거리고

늙는다는 것은
이성을 잃는 중성

하루 종일 뜬 눈으로
졸고 있는 부엉이

젊은 날의 추억을 애써 더듬는 더듬이를
끄집어내어 슬픈 눈망울

먼 산을 바라보며
되새김질하고 있다.

새밭계곡

맑은 아침이슬
영롱한 영혼이다

달빛 무너져 내리는
산정호수에
촉촉이 고여 드는
봄요정이다

도란도란 속삭이는 개울
추억처럼 신비로운
언덕 작은 집에서

꿈처럼 떠 있는 구름에
상큼한 산바람과
산도화나무 벗 삼아
신선처럼 살자구나.

제4부
암향

암향^{暗香}

고샅 길 돌담 밑에 핀
소담스런 제비꽃 향기일까

산골 길가에 핀
그윽한 도라지꽃 향기일까

알 수 없는 신비로움이 깃드는 월악산 안개
마당바위가 물결에 흔들리는 용하계곡
논 귀사리에서 숨가쁘게 울어대는 개구리 소리

홰치며 새벽을 알리는
닭 울음소리에 흙과 흙이 맞닿아
사랑씨가 잉태되었을 태고의 토방에서
빗소리 들으며 가슴 내려앉는 생명

자기를 지키고 키우는 심저^{心底}에서
알토란같이 살고 싶어라.

영암호에서

인간사 오래 살고 싶으나
멀리서 개소리만 들리네

세상사 아무것도 떠오르는 것 없고
죽방에 장작불만 타오르네

깊은 산골 찬 공기 매서우나
들국화 잎 사이에 벌레소리 요란하네

좋은 세월 잘 지내고 싶으나
가는 세월 서럽게 느껴지네

한평생 같이 살고 싶지만
천리길이 장애로다

그리움은 죽방에 머물고
낙조에 태양만 붉네

꿈속에라도 님 찾을 길 없어

새가슴 멍들어만 가네

영암호로 넘어가는 초승달 속으로
철새들은 날아오나 님 소식은 막막하네

살아서 생이별하려니
걸어가는 발길이 쓸쓸하네

수천 리 밖에다 정들여 놓고
오라는 등쌀에 못 살겠네

그리운 님 오까매이 깨벗고 잤더니
문풍지 바람에 설사병이 났다네.

망부석

장작불 돋우는 사이에
초승달이 서해로 넘어갔다
뜰로 뛰어 나가보니
사방이 깜깜하다

닭 보내고 개 보내고
몸만 올 줄 알았는데
노처녀 시집보내듯
염가처분하려는 심정이라니

도망가다 안 되면
되돌아오겠지
너를 오라고 하느니
차라리 내가 가겠다

꽹과리를 친다
장구를 친다
북을 친다
잡귀신들아 물러가라

벌레 먹은 넝쿨잎 하나
해묵은 문학잡지 속에 끼운다

장작은 줄고
술병은 늘어간다

남쪽으로 기러기 날아오나
북쪽으로 술병 날아가네.

별 둘

강물은 더디 흐르고
새어드는 달빛은 몰려오는
구름과 숨바꼭질할 때

부부 별인 별 둘
아우라지 강을 사이에 두고
밤하늘에 깜빡거렸습니다

폭우로 나룻배 뜰 수 없어
뱃사공은 떠나가고
기다리던 처녀만이
강가에 망부석이 되었습니다

아우라지 뱃사공아
나 좀 건네주게
사시장철 임 그리워
나는 못살겠네.

기도

추운 겨울
벌교 저자거리 모퉁이
선술집 목로 위에

하이얀 사기사발에 가득 부은
노오란 탁배기 한잔 앞에 놓고

호호 두 손 모으고 기도하는
생선장수 할머니

주(酒)님 주신 주(主)님
감사합니다.

반딧불

밤하늘에
흰 벌레 하나가 긴 선을 그리면서 날아간다

밤하늘에
반딧불 하나가 긴 선을 그리면서 날아간다

반딧불이 많아졌다
수십 개가 되었다
수백 개가 되었다
수천 개가 되었다
별이 많아졌다

길게 하늘을 가로 지르는 별똥
짧게 하늘을 가로 지르는 별똥
가장 짧게 떨어지는 별똥이 가장 많다

반딧불은 가까이 깜박거리는 별
별은 멀리 떠있는 반딧불

개똥벌레는 남을 비추다가 반딧불이 되었다
반딧불은 남을 비추다가 별이 되었다
마음씨 착한 사람만이 반딧불을 볼 수 있다

어두울 때만이 빛을 발하는 반딧불
머리는 빠알갛고 등에는 새까만
연미복 입은 신사
산방 앞에 찾아왔다

반딧불은 알았나보다
내가 만나고 싶어 한다는 것을

반딧불은 좀벌레 농약에
죽어가면서도 빛을 발한다

반딧불은 내 마음에 살아서 영원히 빛을 발한다
별은 밤하늘에 죽어가면서도 빛을 발한다

어두운 세상을 비추는 환한 별이

동쪽으로 날아간다
반딧불은 가까이 떠다니는 별
별은 멀리 떠 있는 반딧불

생명의 축제가 열리고 있다
이 세상 전부를 축제로 만들고 싶다.

사람들은 그런 것이 아니라고 말한다

대게가 옆으로 기어가는 영덕 바닷가에
보고 싶은 친구가 있다고 말했지

꿈과 낭만이 있는 바닷가에
사랑하는 친구가 있다고 말했지

사랑과 정이 있는 영덕 바닷가에
소백산에서 만난 색시 데리고 간다고 말했지
튀밥같이 눈 내리는 영덕 바닷가
벽 없이 탁 트인 세상에
눈 맞으며 바보같이 걷고 싶다고 말했지

사람들은 그런 것이 아니라고 말한다
친구가 문제가 아니라 내가 문제라고 말한다

대게같이 옆으로 기어가며
바보같이 살아서 그렇단다

죽을 때는 바다가 그립다.

후회

악수를 청했으나
악수를 할 수가 없었다

오른 손목이 잘려나가
손은 없었다
팔뚝만 있었다

다시는
사람들과 악수하지 않기로 했다.

노숙자 1

토요일 늦은 다섯 시
종모양의 붉은 꽃 피는 종로 마로니에 공원에는
오병이어五餠二魚의 기적이 일어난다

노숙자가 되어 줄을 서서 행인들을 구경한다
줄을 서지 못하는 사람들은 노숙자를 구경한다

부처는 분소의糞掃依 걸친 노숙자였다
예수는 마포麻布 걸친 노숙자였다

죽었다가 깨어나도
노숙자 심정은 이해하지 못할 것이다.

노숙자 2

콧물 나고 냄새나고 썩어 문드러진 몸
가난에 절어 마른기침하고
공복에 술 먹어 쓰린 속
배고파 견디다 못해 원양어선 타러 간다

노숙자가 될 수 없으면 부처가 될 수 없다
노숙자가 될 수 없으면 예수가 될 수 없다
길에서 잠잘 수 없으면 쉰밥을 먹을 수 없다

욕하면 욕하고 주먹 내밀면 주먹 내민다
손 내밀어 구걸하고 온몸으로 구걸한다
이해할 수는 있어도 알 수는 없다

죽을 곳을 찾아 헤매이는 송장냄새가
사람들을 직선이 아니라 타원형으로 도망가게 한다
이상한 외계인이 된다

내가 노숙자를 이해할 수 없는데
노숙자들이 나를 어찌 이해하겠는가

겉은 같을 수 있어도 속까지 같을 순 없다
겉은 닮을 수 있어도 속까지 닮을 순 없다.

노숙자 3

배 고파서 라면 사 먹는다고 하여
삼백원 주었다

한 사람이더니 두 사람이 되었다
두 사람이더니 세 사람이 되었다
말동무 생겨서 외롭지 않겠다

꽃동네 베드로입니다
시한부 인생입니다
삼 개월 남았습니다
사흘을 굶었습니다
라면이라도 끓여 먹게 천원만 도와주십시오

조금 후에 처음처럼 또 왔다
녹음한 것 같이 계속 반복한다
배 고파서 라면 사 먹는다고 하여
천원 주었다

라면 대신에 소주 사간다.

쥐불놀이

눈싸움하는 밭이랑 아이들 사이
쥐불놀이 하는 논배미 아이들

잘못하여 별똥은 포물선을 그리며
초가지붕 위로 날아가고

오포午砲 사이렌은 울어대고
의용소방서 빠알간 고물 찝차도 왔다

초가지붕 위에는 집주인의 새까만 눈물만 남았다
아버지와 아들은 파출소로 끌려갔다

올라가면 내려가고 내려가면 올라가고
멀리 도망가 있는 줄 알았더니
한 발자국도 가지 못했다

아무리 바람이라지만 되돌아오기엔
너무나 머언 곳에 가 있었다.

형, 어디가

중학교 시절
시골 골목 어드메쯤
똥개가 나타나 어슬렁거리면
어디까지 따라가 날선 짱돌을 던져
깨개갱 소리를 들어야 직성이 풀리는
형

눈에 거슬린다고 길 위에 솟아난
돌이란 돌은 다 밟아야 직성이 풀리던
형

눈에 거슬린다고 쇠몽둥이로 양은솥이란
솥은 다 구멍을 내어 울릉도 호박엿 바꿔 먹은
형

요즈음은
어느 쪽 편을 들어도 득 될 것
없음을 일찌감치 알고 편들지 못하는
형

형수가 뭐라고 해도 대꾸 한마디 하지 않고
동생이 뭐라고 해도 상관하지 않는
형

누가 뭐라 해도 웃기만 하고
도사가 다 된
형

호프 집 「형, 어디가」에 오신 모든 분들을
이제부터 형님으로 모신답니다

꿈과 사랑과 낭만이 있는 곳
실속파 호프 다락방

형, 어디가
여기에 오지 않고.

나무꾼과 선녀

나무에 올라가지 못하는 나무꾼이라고
나무하러 간 사이 흉보는 선녀

도화 만발한 아차골 샘물가에
다쳐서 걷지 못하는 다리
늙어서 듣지 못하는 귀
꼬부라진 허리로 기다린
팔십 평생의 선녀

날개 없어 아들 둘 딸 셋 낳았지만
나무하러 간 사이
감호*에서 하늘로
도망가려는 선녀

나무하러 간 사이
이제 긴 이별을 할 때가 온 것 같다.

---

* 나무꾼과 선녀의 전설이 있는 강원도 소재 호수

거울

한 남자가 달을 보고 있다
달은 한 남자를 보고 있다

한 남자가 달을 사랑하고 있다
달은 한 남자를 사랑하고 있다

한 남자가 담배를 피우고 있다
담배는 한 남자를 피우고 있다

사랑하는 것은 사랑하는 것이다
좋아하는 것은 좋아하는 것이다

누가 뭐래도 내 방식대로 살리라.

보릿고개

계곡에 갇힌 안개 걷히고
뻐꾹새 둔디미 언덕에서 울 때
종달새 하늘 높이 나른다

보리밭에 오줌 누고
돌에 눌린 가난한 엉덩이를 빼어내는
봄 처녀의 화간和姦같이
멀어져 간 아픈 사연들

엎어지면 궁둥이요
자빠지면 보지뿐인 여자같이
찢어지게 가난한 보릿고개에서

방귀 질 날라치면 보리양식 떨어지고
모래알 같은 시커먼 보리밥을 먹는다

그때는 그런대로 견딜만하였다
그때는 그런대로 평등하였다.

정

초봄
초승달이 유혹하고
목련이 축제를 열어도

굳게 닫힌 창호지문은
좀처럼 열릴 생각을 하지 않는다

들릴 듯 말 듯 창가로 목소리 새어 나온다
보일 듯 말 듯 창가에 그림자 어른거린다
보랏빛 방문에서 희미하게 새어 나오는 불 빛

그 누가 무엇을 하고 있을까
닫고 보나 열고 보나 맨 마찬가지

기인 한숨으로 세월을 기다리는
청상과부이겠지.

제5부
새떼소리 듣는다

어머니 마음

길 나서는 육십 아들에게
영원한 이별을 싫어하는
구순 노모의 마음

애야,
차 조심하거래이

아들을 위한 것도 되지만
노모를 위한 것도 된다

죽으면 아들을 볼 수 없으니까.

아버지 마음

방금
이층 서재로 올라간
아들을 다시 만난 아버지
몇 년 만에 만난 것같이 인사한다

야, 반갑다

얼마나 사랑했으면
방금 헤어지고 다시 만나도
그렇게 반가울까

방금과 오래간만은
그리움의 차이일 뿐

그 차이를
조금은 알 것 같다.

두더지

조금씩 익숙하여
생명을 갉아먹고

밝음에 나갔다가
어두움으로 들어오는 본능

별이 눈부시어 밖으로
나가는 것이 두려울 때도 있다

달이 눈부시어 밖으로
나가는 것이 두려울 때도 있다

보름달이 밝아 또 나간다.

정상

적당히 썩지 않고는
유지하지 못하는 곳
썩는 일만 남았다

한 발자국도 더 이상
올라가지 못하는 곳
내려가는 일만 남았다.

오징어

냄새를 맡으면
갯내음이 난다

눈을 감으면
바다가 보인다

눈을 뜨면
여인이 보인다

먹고 싶다.

고향 간이역

강이 말라 물이 없는
고향 간이역
경주 건천에
완행열차가 지나간다

발목 잘린 공장 다니는 누나
갈라진 위에서 콩나물 보이던 새벽 노동자

월급봉투가 바지주머니에 있다고
비명 지른 허벅지가 잘린 고종 사촌 형
봉투를 다리 묻은 곳에서 찾았다

강이 말라 물이 없는
타향 간이역
정선 건천에
완행열차가 지나간다.

새떼소리 듣는다

올 겨울 들어 가장 춥다는 날
새해에 인사하러 왔는지
방 안으로 들어 온 참새 한 마리

새끼 있는 어미새 같아서
날아가라고 창문을 열어 두었다

새장에 갇힌 새 불쌍하게 보여
날아가라고 창문을 열어 두었다

이틀째 창문을 열어 두어도
날아가지 않고 있었다

언제 날아갔는지 참새가 보이지 않는다
짝지어 날아가는 새떼소리 듣는다

이사 갈 때 보니 책장 뒤에 죽어 있었다
목 놓아 울어대는 새떼소리 듣는다.

공짜열차

검표하러 차장이 다가올 땐
화장실에 몰래 들어가 숨는다

화장실 없는 막다른 열차에선
의자 밑에 기어 들어가 숨는다

정거장에서 차장이 따라올 땐
쏜살같이 논밭으로 달아난다

달아나다 눈이 마주친
소녀 얼굴을 생각하며

오늘도 손님처럼 대합실에서
공짜열차를 기다린다.

둑

아무리 조그마한 둑도
무너질 것은 무너진다

차일피일 미루다보면
더 크게 무너진다

폭풍우 지나가고
새로운 세계가 열리듯이

발가벗은 부끄럼으로
처절하게 무너질 때

찬란한 눈부심으로
새로운 길은 열리리니

어차피 무너질 바에는
빨리 무너지는 것이 좋다.

칼잠

사각 하늘 아래에서 칼잠을 잔다

멀리서 열차가 뱀처럼 지나간다
차창가 수많은 반딧불이 빠알가니 박혀 있다
검붉은 숯불에 붉은 사랑 속삭인다

새벽 종소리는 들리지 않고
삭풍소리 매서웁다
별빛에 벌거벗은 소녀가 울고 있다

잊어야 할 일은 잊혀지지 않고
잊지 말아야 할 일은 잊혀져 간다

갇혀 있을 때에는 걸어가는 사람이 부럽다
걸어갈 때에는 앉아있는 사람이 부럽다
앉아 있을 때에는 술 먹는 사람이 부럽다

땅에 묻은 독에서 퍼오는
진잠 사거리 왕대포 집이 그립다

해 돋는 바닷가 언덕에 새싹처럼
새로이 돋아난다.

세상을 향해

두 손이 잘린 것은
세상을 향해

두 다리로 힘차게
걸어가라는 뜻이다

두 귀가 먼 것은
세상을 향해

두 눈으로 똑똑히
보라는 뜻이다

하반신이 마비된 것은
세상을 향해

머리로 지혜롭게
살라는 뜻이다

하나밖에 없는 머리가 이상한 사람은

세상을 향해

어떻게 살란 말인지
통 모르겠더라.

낮달

동천 위에 하이얀
구름처럼 우뚝 솟은 낮달은

둥근 박이 주렁주렁
달린 초가지붕

친근한 시골집
흰 수염 할아버지

앞산 위에 하이얀
박꽃처럼 우뚝 솟은 낮달은

항상 마음씨 좋은
이웃집 너털웃음 털보아저씨

낮달이
고향처럼 떠 있다.

춤

경주문화엑스포 백결공연장
검으야한 피부의 남아프리카공화국
소년 · 소녀들

타국의 설움을 잊기라도 하듯
벌거벗고 신명나게 춤춘다
소리 내며 종교처럼 춤춘다

남녀가 어울려 춤출 때
영혼을 불사르듯 온몸으로 춤춘다
끝날 줄 모르고 미친 듯이 춤춘다

저런 미치는 춤을 추고 싶다
저런 미치는 삶을 살고 싶다.

꿀

벌이 만들지 않고 사람이 만드는 꿀
보름에 따지 않고 사흘에 따는 꿀

벌이 소쿠리 지고 다니느냐
벌이 볏섬 지고 다니느냐

꿀을 만드는 이도
꿀을 파는 이도
밥상에도 사기 종제기뿐

둘러앉은 이들도 사기
온 세상은 사기판
믿을 것은 손으로 만든
고기잡이 거물뿐

훔친 사과가 맛이 있고
몰래 먹는 떡이 맛이 있듯이

몰래 먹는 꿀맛이 제일이더라.

어떤 중생

한숨을 쉬는 사람도 있다
방황하다가 왔다는 사람도 있다

나는 죽었다가 살아왔다
광주 금남로에서 한 번
대전 중앙통에서 한 번
도경 경감 기동대장
데모 진압봉에 맞았다

다른 세상에 온 것 같다
술독과 니코틴이
다 빠져 나가는 것 같다

다른 세상에 온 것 같다
민주의 열정과 독기가
다 빠져 나가는 것 같다

사각 하늘에 별이 서쪽으로
조금씩 조금씩 기울고 있다.

귀신

배고픈 것을 안다
술 먹고 싶은 것을 안다

오줌 누고 싶은 것을 안다
똥 누고 싶은 것을 안다

가스 잠그지 않은 것을 안다
낚시하러 가고 싶은 것을 안다

몸은 여기 있으나
마음은 다른 곳에 가 있는 것을 안다

그대 그리워하는
내 마음도 알까.

제6부
도라지

주인과 노예

할아버지가 소를 데리고 간다
소가 할아버지를 데리고 간다

할아버지가 마평농장을 소유한다
마평농장이 할아버지를 소유한다

할아버지가 신작로를 걸어간다
신작로가 할아버지를 걸어간다

내가 너를 소유한다
네가 나를 소유한다.

염치

뭘 했다고
하루에 밥 세끼씩 먹느냐

뭘 했다고
한 끼에 반찬 세 가지씩 먹느냐

우리는 아직도
개미처럼 살고 있다

호흡하는 공기로도 취할 수 있고
생명수 같은 물로도 배부를 수 있다

나는 내가 바라보는
모든 것의 군주(君主)니라.

장수비결

하루살이 불나비도
학처럼 느리면
천수쯤은 누릴 것이다

모기보고 칼 빼는 이도
거북이처럼 느리다면
이천 수쯤은 누릴 것이다

성충은 애벌레 때보다 적게 먹는다
어른은 아이들보다 적게 움직인다

제비는 움직이지 않아도 잘도 난다
춤꾼은 움직이지 않아도 잘도 춘다.

칡

호수 바닥 갈라져
밭 배추가 흰 속살 드러내도
끄떡없는 무한한 생명력

바위가 있으면 돌아가고
연한 곳 찾아간다

이파리 내려와 줄기 되고
뿌리 사이에는 보물을
감추려는 밑둥치가 있다

낫으로 허리를 자르면
먹으면 죽지 않는 흰 젖을 내어 놓는다

홀딱 벗고 희멀건 빛으로
칡뿌리처럼 가랭이 벌리고
땅속에 드러눕고 싶다.

도라지

단단한 옷을 벗고서야
하이얀 속살을 드러내는 아랫도리

향긋한 풋내음은 부끄러워하는 처녀
곱고운 다리를 꼰다

우아한 녹색 저고리 잎에는
실핏줄 터진 보랏빛 수줍은 볼

여간해서 허락하지 않는
단단한 대지 같은 몸

잡초와 섞여 여간 분간하기 힘드나
꽃을 보면 분명해진다.

추억

볏짚으로 이엉한
초가집 처마
끝

눈 녹은 빗방울
하나
둘
추억처럼 떨어지고

참숯불 속처럼 빠알가니
불 켜진 창밖에서
사랑처럼 눈싸움을 한다.

당연지사

141

둥겨로 모깃불 피워놓고
별을 헤는 밤

태양은 아침에 뜨는 별
달은 저녁에 뜨는 별

별은 언제나 뜨는 별
지구는 오염된 세기말 별

칫솔 한 개 잃어버려도 허전하다
주어온 돌 하나 잃어버려도 허전하다

죽도록 사랑한 당신을 잃었으나
찾지 못하고 있다

천도복숭아에 당신의 볼기 배어난다.
천도복숭아에 당신의 향기 배어난다

남이장군 묘에서

사람들은 못된 속성이 있습니다
남 잘되는 것은 못 본답니다

스물여섯에 병조판서가 되었으니
오죽하였겠습니까

울컥울컥 목젖이 젖어옵니다
당신의 울음이 소쩍새 소리입니까

묘가 여러 개라는 것을 보니
육시를 하여 동서사방에 흩어 놓았군요

정말
득국得國이 아니고 평국平國이었습니까

그래도
당신은 명예회복을 해서 다행입니다.

사진촬영 1

야,
이거다 이거
열어라 열어 렌즈
벌려라 벌려 다리

야,
죽인다 죽여
노출이 심해
빨리 해 뭐하고 있어

아무리 발버둥쳐도 태양은
바다 속으로 빠져 버린다.

사진촬영 2

님의 흐느낌은 갈매기 소리입니다
석양이 영구행렬 속으로 사라집니다

온몸이 빨갛게 얼었습니다
생명처럼 쓴 시를 태웁니다

둘만이 이루어 놓은 순간을
놓치지 않으려고 사진을 찍습니다

둘만이 이루어 놓은 순간을
놓치지 않으려고 그림을 그립니다

둘만이 이루어 놓은 순간을
놓치지 않으려고 시간을 정지시켜봅니다
갈매기 내려오는 바닷가에 갇혀
그대를 그리워합니다

갈매기처럼 날아
그대 곁으로 가고 싶습니다.

오대산방

나뭇잎 썩은 찬물에
박박 씻어도
씻기지 않는
속세의 욕심

골짜기에서 불어오는
한 줌 맑은 바람에
때묻은 영혼을 씻는다

씻어도 씻어도
씻어지지 않는
속세의 미련

눈에 보이는 것을 사랑하고
눈에 보이는 것을 아낀다

아끼는 것을 사랑하고
사랑하는 것을 아낀다.

달

자기 힘으로
빛을 발하지도 못하고

남의 빛으로 살아가는 터에
많은 사람들을 괴롭힌 놈

분화구를 계수나무와 토끼라고
많은 사람들을 얼마나 속였느냐

죄 없는 처녀총각들은
얼마나 울렸느냐

달은 님 계신 곳을 모른다.

그림자

반찬은 여덟 가지입니다
사람은 여덟 사람입니다

사람은 넷뿐인데요
그림자까지요

인생은 잃어버린 그림자 찾기
언젠가는 꼭 찾겠습니다.

쁘렝땅*

서울 한복판 묵은 때 벗기고
새 옷을 갈아입은 곳 장교동

빌딩 숲 넘어 흰 구름이
옥색 하늘을 지나간다

가을의 길목에서 여름이 비켜가는
쁘렝땅 공원에는
똥냄새 맡고 파리 꾀듯
돈 냄새 맡고 사람들이 꾄다

노숙자들이 되기 직전에 거쳐 가고
벌집에서 오천원으로 한방에 네 명이 잠잔다

레슬링 강의도 하고 복싱 강의도 한다
사기 만드는 법 가르쳐 주는 천국

삼천만 원에 삼년 징역을 사는 바지사장들
울긋불긋한 중국제 성기구

가짜 발기 약 비아그라 가방 장수들
일확천금을 노리며 내일에 희망을 건다

거울 달린 이쑤시개 돌리는 궁전 이용원은
우리들을 궁전에서만 사는 임금으로 만들어준다

봄을 기다리는 마음 간절하나
봄이 오는 소리는 들리지 않고
찬바람 소리만 들린다

봄을 기다리는 훈풍이 아니라
겨울이 다가오는 삭풍뿐이다

아침저녁으로 추워지는 곳
개미처럼 지하로 들어가야 할 운명
한 번 빠지면 헤어나지 못하는 곳

금테 두른 모자 쓴 당나귀 귀 수위는
베짱이처럼 게으르다 겨울 속으로 쫓겨 갔다

돈을 기다리는 사람에게는 돈이 오지 않는다
봄을 기다리는 사람에게는 봄이 오지 않는다

버리듯이 쌓여있는 돈도 주인을 찾아간다
죄와 돈은 임자가 따로 있다

덧없는 욕망
바람에 훌훌 씻고나니
근심 걱정 사라진다.

---

* 쁘렝땅 (Printemps) : 봄이라는 뜻

할미새

할미새 남편은 할비새
물가 나뭇가지에서
꽁지를 혼드는
두 마리

꼬리는 까닥 까딱
머리는 두리번 두리번
두 발은 앞으로 뻗고
깃은 흑백색

나를 보러 창가로 달려왔다
할미새 없는 거처는
양념을 치지 않은
고기요리

알고 보니
지난밤 창가에서 죽은
하루살이를 먹으러 왔다.

벌거숭이

말이 필요 없다
눈빛만 봐도 알 수 있다

글이 필요 없다
얼굴만 봐도 알 수 있다

앞서거니 뒤서거니
코스모스 접시꽃 코에 달고 기다린 세월

삼대궁 황토배기 초가 아래
털 없는 벌거숭이 참새새끼 잡던
소록소록 되살아나는 한여름 밤의 이야기들

추억은 저녁노을에 길게 타원을 그리는
그림자를 사랑하였다

검은 흙으로 벌거숭이 목욕하며
물안개 피어오르는 샛도랑을 그리워한다

단석산 복다암에 별 뜨는 날
풀벌레 소리 울어대며 메뚜기 누렇게 익어간다
넘치는 정열로 청춘을 불사른 세월
하늘 높이 하늘 멀리 띄워 보낸다

속절없이 모두 다 내어놓고
맑디 맑은 혼 불사르며
잣벽담 지나 노을 진 언덕을 올라가면
걱정 근심 없는 무릉도원이 반겨주겠지

넉넉한 고목에는 잎 돋아나고
잎마다 꽃피며 새들도 둥지를 틀겠지

떠나보내고 싶지 않지만
운명처럼 보내야 한다

죽어도 죽지 않고
다시 태어나는 풍장風葬처럼
그리움에 통곡한다.

외항선

가장 괴롭힌 지옥의 루시퍼
못 먹는 술을 먹였습니다

못 부르는 유행가를 부르게 했습니다
침대에서 자지 못하게 하고
갑판 위에서 자게 했습니다

돼지머리에 절하지 않는다고
바다에 던져버렸습니다

교만한 마음으로 배반한 루시퍼
선장을 죽이려는 마음도 먹었습니다

가장 사랑한 천사장 루시엘
당신을 위해 핍박을 받았습니다

사랑한 마음으로 희생한 루시엘
당신을 위해 슬픔을 참았습니다.

개꿈

그리운 님 만난다는 것을
개꿈쯤으로 알았습니다

아침이슬처럼 영롱하게 만난다는 것을
상상이나 할 수 있었겠습니까

그대 꿈속에라도 뵙고자
저녁 바다 높이 나는 갈매기 되었습니다

그대 꿈속에라도 뵙고자
나무위에 올라 길 떠나는 아들을
바라보는 애비 되었습니다

그리운 그대를 만났습니다
개꿈이 아니었습니다.

복권

걷기대회 상품으로
녹색복권 교환권을 받았다

당첨금 오천만 원
순간 앞이 캄캄하고
얼굴이 화끈거렸다
숨이 막힐 지경이었다
누가 이 사실을 알고
시비를 걸지 않을까

행운 숫자 9가 밑에 있는 숫자
1일 2이 6육 7칠 8팔에 있어야 된다구요
꽝이라구요
그제서야 '다음 기회에' 라는 글자가 보이기 시작했다

붕 뜬 몸이 갑자기 땅 바닥으로 내려앉았다
전 생애에 처음 천당에서 지옥으로 떨어졌다
난생처음 벤처사업을 해보았다.

동강은

정선에 이르면 조양강
동남천 물줄기가 합쳐
영월에 이르면 동강

수풀 사이 산딸기
달 걸린 절벽을 지나
산 밑둥을 나르는 백로를 쫓다보면
하얀 백사장이 펼쳐진다

인가가 없는 샛강만 빼고
시멘트 레미콘에 생활쓰레기 섞여
살아 있어야 할
동강은 썩고 있었다.

거울바다

섬 소식 전해주는
아침 갈매기가 반갑고

꽃 소식 비춰주는
거울바다가 아름답다

삼라만상 다 비춰주나
임의 얼굴 보이지 않네.

띄우지 못한 연하엽서 한 장

깨어진 거울을 보듯
어쩔 줄 몰라
띄우지 못한
하얀 연하엽서 한 장

기쁜 성탄절이 다가와도
부담이 될 것 같아
더 이상 잇지 못하는
미완성 문구들

희망찬 새해가 다가와도
책상 위에 며칠째
띄우지 못한 연하엽서 한 장

아는지 모르는지
세워둔 카드는 도로 누워
내 마음을 지워버리는
띄우지 못한 연하엽서 한 장
쓰레기통으로 갈 것 같다.